獻給～
親愛的家人

白馬寶寶一家的幸福日常

文・圖 / 貝果

發行人 / 廖伸華
出版者 / 白馬窯業股份有限公司
地址 / 326-61 桃園市楊梅區新榮里電研路 5 號
電話 / (03)490-3111
傳真 / (03)490-9051
網址 / www.whitehorse.com.tw
白馬寶寶 fb/ whitehorsebaby

代理經銷 / 白象文化事業有限公司
地址 / 401-44 台中市東區和平街 228 巷 44 號
電話 / (04)2220-8589
傳真 / (04)2220-8505

2021 年 11 月初版
ISBN/ 978-626-95011-0-6(精裝)
定價 / 320 元

白馬寶寶一家 的幸福日常

文·圖/ 貝 果

白馬窯業

白馬寶寶一家

白馬爸爸

爸爸聰明又樂觀，
每件事情都能往好的方面想，
他常常鼓勵白馬寶寶：「你要相信自己的心！」
爸爸有許多有趣、新奇的想法，
最愛和白馬寶寶一起去冒險。

喜好：帶全家出去旅行。
專長：具有讓人感到安心的神奇力量。

白馬媽媽

有好廚藝的媽媽，
每天都用美食溫暖全家人的胃，
她擅長將農地裡種植的蔬果，
變成一道道美味料理。

喜好：烹飪、種花。
專長：帶給全家人幸福感。

白馬寶寶

可愛的白馬寶寶是白馬家的小太陽。
他熱情、充滿活力，總能讓人感到溫暖，
只要有白馬寶寶在的地方，就有滿滿的笑聲。

喜好：到森林裡探險。
專長：溫暖每一個人的心。

白馬爺爺

爺爺對研發新品種的蔬果有極大的熱情，
白馬寶寶總是第一個品嚐爺爺的新產品。

喜好：熱愛親近土地及種植。
專長：研發各式各樣新品種的蔬果。

白馬奶奶

奶奶有一雙巧手，能為全家編織好看又保暖的冬日衣物；
而每天幫小孫子們準備下午茶點心，是她最開心的事。

喜好：編織、手作。
專長：烤出香噴噴的小點心。

白馬寶妹

寶妹是個淘氣的小女生，
常一不小心就惹出許多小麻煩，
哥哥白馬寶寶很疼愛她，從來不會對寶妹生氣。
寶妹心目中的英雄就是哥哥白馬寶寶。

喜好：當哥哥的小跟班。
專長：製造最新鮮、大家都想不到的小麻煩。

幸福森林裡有一棟白色木屋，是白馬寶寶的家。
家裡有爺爺、奶奶、爸爸、媽媽，
以及可愛的白馬寶寶和寶妹。

「媽媽，午餐好了嗎？」白馬寶寶走進廚房問。

「快好了！」媽媽說。

「我和哥哥的午餐也要放進去，」寶妹說：「我們今天想在農園吃。」

「好，沒問題。」媽媽把準備好的午餐放進籃子裡。

「哥哥，今天讓我提籃子好不好？」寶妹問。

「籃子有一點重，你提得動嗎？」白馬寶寶說。

這時候，媽媽走了過來：「寶妹，奶奶要你到客廳找她喔！」

奶奶拿了一個袋子對寶妹說：「把它帶到農園交給爺爺好嗎？」
「好啊！奶奶請放心，我一定會把它交給爺爺！」
寶妹開心的接下任務。

只要是工作天的中午，
白馬寶寶和寶妹都會送午餐到農園，
給在園子裡辛苦工作的爺爺和爸爸。

從家裡到農園的路程並不遠，
但路上總是有許多有趣的事物
吸引著他們。

「寶妹！快來看！」
白馬寶寶好像發現了什麼！
一隻幼鳥在草叢裡，
發出「噗！噗！噗！」的聲音。

「哇！ 好可愛喔！」寶妹興奮的看著小鳥。
「對呀！ 牠還有一雙漂亮的藍眼睛呢！」
白馬寶寶說。

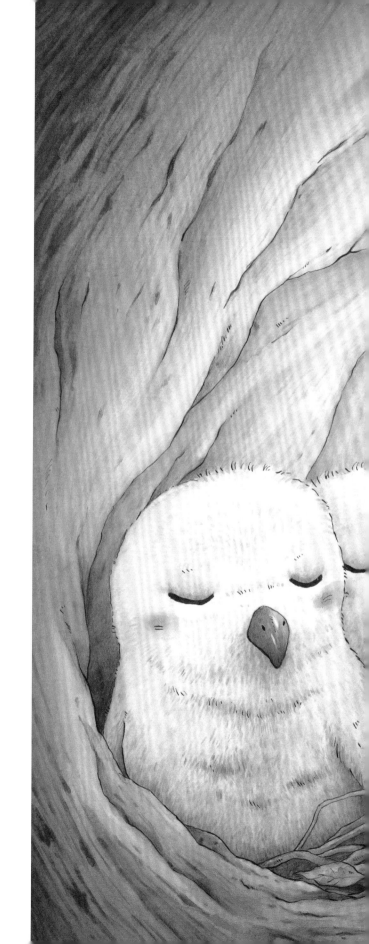

「小鳥有可能是從上面掉下來的。」寶妹指著樹幹上的鳥巢。

「還好小鳥沒有受傷，」白馬寶寶說：「我們要把牠送回去才行。」

白馬寶寶用手輕輕抱起小鳥，
爬到樹上把牠安全的放回鳥巢裡。
「你要乖乖的待在家裡，平安長大
喔！」白馬寶寶對著小鳥說。

他們很開心的一路玩耍，
直到⋯⋯

「糟了！ 奶奶的袋子呢？ 」
寶妹著急的東看看、 西看看。
「別急， 我們回頭找一找！ 」
白馬寶寶說。

他们往路过的地方仔细寻找，

卻怎麼都找不著……

「我答應過奶奶要把袋子交給爺爺的……」寶妹急哭了。

白馬寶寶安慰她：「你再想想看，可能會掉在哪裡呢？」

「我想想……」寶妹說：「啊！會不會在前面的大樹下？」

他們回到發現小鳥的樹下，終於找到了奶奶的袋子。

「這次，我一定會把袋子保管好！」寶妹擦擦眼淚說。

「嗯！哥哥相信你一定會的！」白馬寶寶說。

今天的路程似乎特別遠，
而熟悉的農園就在前方，
白馬寶寶和寶妹加快腳步……

「我們送午餐來了！」白馬寶寶和寶妹開心的跑來。

「你們來啦！」爸爸微笑的說：「今天又有什麼新鮮的冒險啊？」

「我們剛剛救了一隻小鳥喔！」白馬寶寶把發現小鳥的事說給爸爸聽。

「爺爺！」寶妹迫不及待的把袋子交給爺爺：「這是奶奶要給您的喔！」

「哦，奶奶已經做好了！」爺爺帶點神祕的表情說：「來，大家跟我到工具屋。」

「哇！」寶妹一眼就看到角落的新木馬：「這是爺爺做的嗎？」

「是啊！奶奶說寶妹一直想要有隻木馬。」爺爺笑咪咪的說。

「奶奶擔心木馬的握把太硬，
她堅持要織雙毛線握套來保護
寶妹的手。」
爺爺一邊說，一邊把毛線握套
裝上。
「謝謝爺爺和奶奶！」寶妹開
心的坐在木馬上搖啊搖！

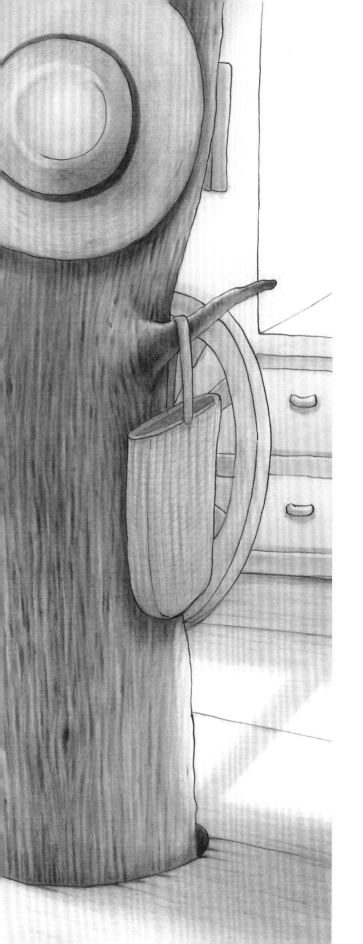

過了一會兒，爺爺走到工作桌上拿起了一隻木雕的貓頭鷹。

「在我還很小的時候，曾遇見過這隻帶來幸運的貓頭鷹，」爺爺說：「我將牠的樣子刻下來，希望你也能擁有這個幸運！」

白馬寶寶看著手上這隻小小的貓頭鷹說：「謝謝爺爺！我好喜歡！」

「孩子們應該餓了，我們去吃飯吧！」爺爺說。

大家在農園裡享用媽媽準備的美味午餐，
今天，就和每天一樣，是白馬寶寶家幸福的日常。

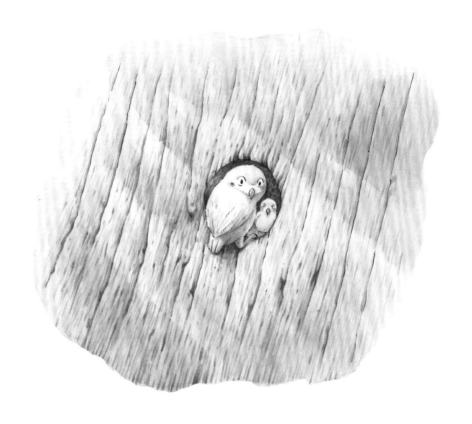

「呼ㄨ～ 呼ㄨ呼ㄨ～ 呼ㄨ～ 」

作者簡介

貝果

一直以來，被森林的神祕感深深吸引著，喜歡以擬人化的小動物為主角發想故事，用水彩手繪方式作畫，創作的繪本都是發生在一個名為「果果森林」的地方，我和小動物們也住在那裡。

曾獲：信誼幼兒文學獎、「義大利波隆那兒童書展」臺灣館推荐插畫家、Book From Taiwan 國際版權推荐、好書大家讀好書推荐、入選香港第一屆豐子愷兒童圖畫書獎、入選 Singapore AFCC BIG 等。

作品有：《森林裡的起司村》、《老婆婆的種子》、《早安！阿尼·早安！阿布》、《藍屋的神祕禮物》、《野兔村的阿力》、《野兔村的小蜜蜂》、《今天真好》、《我喜歡》等二十多本書。

原創繪本《早安！阿尼·早安！阿布》授權 NSO 國家交響樂團以動畫結合古典樂於國家音樂廳演出，以及國家圖書館、臺北市立圖書館、新北市立圖書館等，多家圖書館壁畫創作與授權。

2015、2016 年應新北市文化局邀請，策劃「貝果在森林裡散步－原畫及手稿創作展」於新莊、淡水展出。

貝果在森林裡散步 : bagelforest.com
FB : www.facebook.com/bagelforest
IG : www.instagram.com/bagelforest